AF131081

CLARA DELISSEN

Anders
ALS DU DENKST

novum ▲ pro

Dieses Buch ist auch als
e-book
erhältlich.

www.novumverlag.com

Bibliografische Information
der Deutschen Nationalbibliothek:

Die Deutsche Nationalbibliothek
verzeichnet diese Publikation in
der Deutschen Nationalbibliografie.
Detaillierte bibliografische Daten
sind im Internet über
http://www.d-nb.de abrufbar.

Gedruckt in der Europäischen Union
auf umweltfreundlichem, chlor- und
säurefrei gebleichtem Papier.

© 2024 novum Verlag

ISBN 978-3-99146-416-7
Lektorat: Leon Haußmann
Umschlagfotos:
Fotoschab, Smit Saengchot,
Aaron Amat I Dreamstime.com
Umschlaggestaltung, Layout & Satz:
novum Verlag
Innenabbildung: Microsoft Office

Die vom Autor zur Verfügung ge-
stellten Abbildungen wurden in der
bestmöglichen Qualität gedruckt.

www.novumverlag.com

Vorbemerkung

Viele Ereignisse in diesem Buch sind in Wirklichkeit passiert. Sie sind zwar nicht in dieser Konstellation geschehen, doch einzeln mir und meinen Freund/innen widerfahren. Lediglich die Kontexte habe ich verändert und die Geschehnisse nun so zu diesem Roman verarbeitet.

Das Vorurteil ist das Kind der Unwissenheit.

– William Hazzlit –

Hanna

„Ich gehe!"

Hanna muss zur Tür hinaus sein, bevor ihre Eltern nachfragen können, wohin sie um diese Uhrzeit noch geht. Sie hätte ihnen nie die Wahrheit sagen können. Ihre Eltern mögen es nicht, wenn sie unter der Woche zu später Stunde draußen ist. Noch weniger einverstanden wären sie, wenn sie wüssten, mit wem sie sich gerade trifft. Es ist heute einfacher, als wenn sie sich sonst rausgeschlichen hat. Ihre Eltern sitzen zur Abwechslung draußen im Garten. Nicht wie üblicherweise in ihrem Arbeitszimmer neben dem Eingang. Es ist ein seltener Anblick für Hanna, ihre Eltern mal nicht arbeiten zu sehen, sondern Arm in Arm auf der Hängebank schaukelnd, ganz vertraut miteinander. Sie hört gerade noch, wie ihre Mutter ihr nachruft: „Wohin um diese Zeit?", doch Hanna ist schon draußen. Sie weiß, es wird Ärger geben, wenn sie nach Hause kommt. Doch das ist ihr egal, er ist es ihr wert.

Obwohl es noch August ist, ist es bereits kälter geworden um diese Uhrzeit. Ab und zu streift eine kühle Brise ihre Backe, ansonsten ist die Nacht ruhig. Würde sie darauf achten, könnte sie die Grillen hören und in weiter Ferne würde sie eine Eule wahrnehmen, doch ihre Gedanken sind ganz wo anders.

Sie mag ihn. Sehr. Das ist das Einzige, worüber sie sich im Moment noch im Klaren ist. Doch wie soll das alles funktionieren? Ihre Eltern würden ihn nicht einmal kennenlernen wollen und sie selbst ist sich auch nicht sicher, was sie davon halten soll. Er ist ein Moslem, mit Fasten, Beten und so und sie eine Christin, zur Kommunion und Firmung gegangen, weil es sich halt so gehört. Ihr Bauchgefühl hat sie innerlich von Anfang an davon abgehalten, doch irgendetwas in ihr sehnt sich nach ihm. Konnte es zwischen ihnen vielleicht doch funktionieren?

Sie weiß es nicht, doch wäre es nicht ein Fehler, es nicht wenigstens zu versuchen?

Es ist naiv von ihr, was sie macht, das weiß sie. Ihr ist auch nicht klar, wieso sie sich jetzt mit ihm trifft. Es kann kein gutes Ende nehmen. Doch sie muss ihn sehen. *Das kann nicht sein, was will die hier?*, denkt sie sich, denn sie sieht in weiter Ferne Fatime. Ihre langen, dunklen, gelockten Haare bedecken von hinten beinahe ihren ganzen Rücken, wobei das auch nicht schwer ist, bei ihrer kleinen, zerbrechlichen Statur. Fatime sitzt auf ihrem Lieblingsplatz. *Ein Wunder, dass sie nicht drüben bei den Kiffern sitzt. Würde zu ihr passen.* Hanna ist nicht in der Stimmung, Fatime ihren üblichen Platz zu überlassen und sich selber einen anderen zu suchen. Fatime hatte heute in der Schule doch den ganzen Tag gefehlt. Wieso ist sie denn jetzt hier draußen anstatt zu Hause? Hanna hat Fatimes regelmäßiges Fehlen in der Schule wegen irgendeinem Krankheitsgrund noch nie ernst nehmen können. Fatime fehlt es an Disziplin, Verantwortungsbewusstsein, sowie an guter Erziehung.

„Oh sieh an, wohl doch nicht so krank, wie du immer tust?", stichelt sie Fatime an. Als Fatime jedoch nicht auf Hanna reagiert, fährt sie lauter fort: „Du könntest genauso gut nicht ins Gymnasium gehen, so oft wie du fehlst und du eh bei jedem Test schummelst!" Fatime zuckt unmerklich zusammen, aber Hanna herrscht sie weiter an: „Dein muslimischer Mann wird dich später eh nie arbeiten lassen, wieso machst du dir überhaupt die Mühe? ... Es wundert mich, dass du nicht längst durchgefallen bist."

Kraftlos hebt Fatime ihren Kopf. Nun sieht Hanna, wieso Fatime nicht geantwortet hat. Ihre sonst so gebräunte Haut ist blass, die Ringe unter ihren Augen außergewöhnlich groß und ihr Gesicht vom Heulen verquollen und mit Tränen übersät. Ihre braunen Kulleraugen sahen fast gruselig aus.

Fatime

Hannas Anschuldigungen prasseln wie faustgroße Hagelkörner auf sie ein. Hanna war der letzte Mensch, dem sie heute noch hatte begegnen wollen. Sie und Hanna hatten nie viel miteinander zu tun gehabt. Obwohl sie seit fast 5 Jahren zusammen in die Schule gehen, hatten sie nie mehr als 2 Sätze miteinander ausgetauscht. So war es auch klar, dass Hanna gar nicht wissen kann, wieso sie so viel fehlt. Abgesehen davon, dass ihre Mutter seit dem frühen Tod ihres Vaters total überfordert ist, Tag und Nacht arbeitet, sie mit ihren zwei kleinen Brüdern eher von ihren Großeltern aufgezogen werden als von ihrer Mutter, weiß sie auch nichts über ihre Migräne. Jeden Morgen wacht sie auf, mit stechenden Kopfschmerzen. Mittags hat sie Kopfschmerzen. Abends hat sie Kopfschmerzen. Manchmal so stark, dass sie nicht einschlafen kann. Manchmal so stark, dass sie sich übergeben muss. Jeden Tag findet eine Diskussion in ihrem Kopf statt, *soll ich heute in die Schule? ... Bleibe ich zu Hause? ... Vielleicht werden die Schmerzen ja weniger? ...* Da sie niemandem außer ihrer besten Freundin Edona von ihren Kopfschmerzen erzählt, ist auch klar, wieso niemand ihre Absenzen in der Schule nachvollziehen kann und sie alle dafür verurteilen.

„Was verstehst du schon von meinem Leben, Hanna?", ertönt Fatimes belegte Stimme. „Du hast doch alles. Gute Noten, ein großes Haus, Freunde, Eltern, die sich um dich kümmern, was interessiert es dich, ob ich in der Schule bin oder nicht? – Normalerweise interessierst du dich auch für niemanden anderen außer für dich selbst." Fatime lässt sich nicht bremsen. „Hast du dich jemals dafür interessiert, wieso ich fehle? Ach nein, du weißt doch alles. Du Hanna, die perfekte Schülerin. Immer ruhig, fehlt nie, macht im Unterricht mit. Was weißt DU schon nicht?" Fatimes Stimme bricht fast ab. Sie muss sich zusammen-

reißen. Das Letzte, was ihr noch fehlt, ist vor Hanna zu loszu-
heulen. Sie hat noch nie vor jemandem geheult und wollte heute auch nicht damit anfangen.

Fatime merkt nicht, dass nun Hanna Tränen in den Augen
hat. Fatime giftet sie weiter an: „Hätte ich so ein zu Hause wie
du, hätte ich locker bessere Noten als du."

Hanna schlägt zu. Fatime fällt rückwärts von der Schaukel.
Die Ohrfeige hat gesessen. Während Fatime mit ihrer linken
Hand noch ihre Wange hält, rappelt sie sich bereits wieder auf
und stürzt sich auf Hanna. So etwas hat sie sich noch nie gefallen lassen. Mit je einer Hand packt sie ein Handgelenk von
Hanna und obwohl sie kleiner und definitiv nicht so sportlich
ist, gelingt es ihr, Hanna auf den Boden zu drücken und auf ihr
zu sitzen. Fatime hatte in ihrem ganzen Leben noch nie jemanden geschlagen. Das hatte sie sich bereits als Kind geschworen,
bei jedem traumatischen Erlebnis, das sie erlebt hatte, wenn jemand geschlagen wurde, hatte sie sich ein weiteres Mal mit ro-
ter Schrift ins Gedächtnis geschrieben, **ich werde nie jemanden schlagen.**

In diesem Moment, als sie auf Hanna sitzt, kommen all die
Erinnerungen zurück, von denen Fatime geglaubt hatte, sie hätte sie schon lange vergessen. Ihr ganzer Körper beginnt heftig
zu zittern. Beinahe verliert sie ihr Gleichgewicht.

Beruhige dich, Fatime, sie ist nicht dein Feind! Die Stimme in
ihrem Kopf hatte ihr schon oft geholfen, sich zu beruhigen. Die
Stimme, woher sie auch kam, ist ihr bereits so vertraut, dass
sie beinahe vergisst, dass sie auf Hanna sitzt. Doch nur beinahe. Es funktioniert nicht. Weiter hebt und senkt sich ihr Brust-
korb und ihre Griffe um Hannas Handgelenke werden noch fes-
ter. Und wieder hört sie die Stimme: *Beruhige dich Fatime, sie ist
nicht dein Feind!* Doch auch dieses Mal dringt die Stimme nicht
bis in ihr Bewusstsein durch. Sie hört zwar die Stimme, doch
die Wörter ergeben für sie keine Bedeutung. Sie weiß, sie sollte
sich beruhigen. Sie weiß, was diese Stimme bedeutet, und sie
weiß, wenn sie es jetzt nicht schafft, sich zu beruhigen, würde
sie ihre allerheiligste Regel brechen.

Langsam löst sich ihr kleiner Finger aus dem verkrampften Griff um Hannas Handgelenk. Nach und nach lösen sich auch die anderen Finger, bis sie schließlich langsam wieder jeden ihrer Finger spürt. Doch was war das, wieso sind ihre Finger so warm und so feucht? Sie will nicht runter schauen. Sie ahnt, was sie dort erwartet. Der Geruch von Blei liegt in der Luft. Das Einzige, was ihr jetzt hilft, ist tief durchatmen. 1 ... 2 ... 3 ... 4 ... 5 ... Mit dem 6. Atemzug öffnet sie ihre Augen. Hannas Blick bohrt sich bis in ihr Bewusstsein durch. Diesen Anblick wird sie nie wieder vergessen. Hannas stahlblaue Augen, vor Angst aufgerissen und ihr Mund vom Schmerz verzerrt. Fatime muss sich zusammenreißen. Sie wird Hanna heute nicht schlagen. „Fatime, was soll das? Was machst du da? Geh sofort runter von ihr!" Sie kennt die Stimme. Endlich, endlich eine vertraute Stimme. Sofort löst sie auch ihre linke Hand und steigt vorsichtig von Hanna runter.

Hanna

Sie war aufgeregt. Auf den Tag heute hatte sie den ganzen Sommer lang hingearbeitet. So lange ist es nun her, seit sie das letzte Mal vor Publikum auf dem Hartplatz stand. Sie liebt den Platz, dort ist einer der wenigen Orte, an dem sie sich wirklich wohl fühlt. Hier kann sie ungestört sich selbst sein.

Es war für diese Jahreszeit ein immer noch recht warmer Tag, also würde es anstrengend werden. Anstrengend an sich ist nicht hinderlich für einen Erfolg heute. Es würde viel mehr darauf ankommen, wie, ob, wer und wie viele Zuschauer heute da sein würden. Je mehr Zuschauer, desto nervöser wurde sie und hatte Angst zu versagen.

Bereits auf dem Weg zu den Kabinen klärten sich die Frage. Es war eine Unmenge von Leuten da. Wie nicht anders zu erwarten, so ziemlich alle aus ihrem Verein. Dazu gehört ihr bester Freund Leon mit seinen Freunden. Melanie mit ihrer Clique und alle anderen, Trainer, Spieler und Coaches so wie ihre dazugehörigen Freunde und Verwandten. Offensichtlich war das Turnier heute noch größer als sie es sich vorgestellt hatte.

In der Kabine begegnete sie dann bereits Melanie. Sie hatte gehofft, erst später auf sie zu treffen, doch das sollte wohl nicht sein. Während Melanie die Kabine verließ und sich Hanna gerade ihre langen blonden Haare zu einem Pferdeschwanz band, klingelte ihr Telefon. Ihr Bauch zog sich augenblicklich zusammen. *Bitte nicht jetzt, nicht heute.* Niemand rief sie je an, außer diese eine Nummer. Sie befürchtete, was dort stehen würde, wer anrief und sie hasste es, diesen Namen zu lesen. „**Anonym**". Wer hatte so einen Müll erfunden? Totaler Quatsch. Man sollte zu seinen Anrufen stehen. Mit einem mulmigen Bauchgefühl blickte sie auf ihr Handy, und natürlich hatte sie recht gehabt. **„Anonym"** stand auf ihrem Display.

„Hallo?" ihre Stimme zitterte ein wenig, wie immer bei diesen Anrufen. Und da war sie. Seine Stimme, extrem tief, mit einem leichten Kratzen. Sie klang schon fast so, als ob er sie extra verstellen würde. Es war immer die gleiche Stimme, so wie er auch jedes Mal das gleiche Hässliche zu ihr sagte.

Diese Anrufe beunruhigten sie. Sie hatte einen Belästiger, aber mit wem sollte sie darüber sprechen? Wem konnte sie sich so anvertrauen? In ihrem Leben dreht sich doch alles nur um Leistung und darum, den Schein zu wahren. Also trocknete sie, wie es sich für sie gehörte, ihre Tränen mit ihrem Schweißband, setzte ein Lächeln auf und machte sich auf die Suche nach Leon.

Sie ging zum hinteren Platz, auf welchem sie und Leon sich immer zusammen vorbereiteten. Er war mit Ardian schon da. Neben ihnen wärmten sich Fabian und Joel auf. Leon freute sich, sie zu sehen. Sie waren befreundet, seit sie sich erinnern kann. Doch seit er mit seiner Ausbildung angefangen hatte, beschränkte sich ihr Kontakt hauptsächlich auf das Tennistraining. Ihre Eltern waren ebenfalls seit Kindheit befreundet, deshalb hofften sie auch schon lange, dass aus dieser Freundschaft einmal mehr entstehen würde. Doch das würde es nie werden.

Wie immer merkte niemand, dass es ihr nicht gut ging, aber das war ja auch ihr Ziel. Jetzt musste sie sich erstmal aufwärmen, um heute endlich gegen Melanie zu gewinnen.

Doch die Stimme ging ihr nicht aus dem Kopf. Sie hatte schon immer eine Spur bei ihr hinterlassen. „Ich liebe es, dich in deinem Tennisröckchen spielen zu sehen, das macht mich ganz geil auf dich." Dieser Satz wiederholte sich in ihrem Kopf bei jedem Schritt, den sie tat.

Es ging los. Heute war es ihre Chance, ihren Eltern zu zeigen, was sie kann und endlich Melanie besiegen.

In der zweiten Hälfte des Spiels kullerte Hannas erste Träne über die Wange, sie würde es wieder nicht schaffen. Melanie lag nur knapp vorne, doch so unkonzentriert wie Hanna war, würde es nicht reichen.

Fatime

Sie wollte eigentlich gar nicht hier sein, sie hasste den Tennisplatz. Alles reiche, arrogante Schweizer, welche ihre Kinder in einen Sport zwangen, damit sie bei ihren Freunden damit angeben konnten. Mit Ausnahme ihres Cousins, welcher auch der Grund war, weshalb sie heute hier war. Ihre beiden kleinen Brüder wollten ihm unbedingt zuschauen und da ihre Mutter arbeiten war, hatte sie ihren kleinen Brüdern den Gefallen getan, sie mitzunehmen.

Sie liebte ihre kleinen Brüder, keine Frage. Doch sie fühlte sich manchmal mehr als Mutter, als eine Schwester oder Jugendliche. Egal, wo sie hinging, meistens waren ihre Brüder dabei und wenn nicht, waren ihre Gedanken trotzdem bei ihnen. Sie fragte sich, ob es ihnen wohl gut geht und was sie denn gerade machen.

Sie drei saßen an ihrem üblichen Platz, unter dem großen Lindenbaum, gegenüber der Tribüne und dem Restaurant. So weit weg von den Schweizern wie möglich. Edona, ihre beste Freundin, hätte heute eigentlich auch hier sein sollen. Doch sie hatte heute Morgen abgesagt, da ihr Freund ein wichtiges Fußballspiel hatte, bei dem sie dabei sein wollte. Hätte Fatime das früher gewusst, hätte sie ihren Brüdern nicht versprochen, ihrem Cousin heute zuzuschauen. Er würde sowieso gewinnen, er war der Beste, deshalb konnte er es sich auch leisten, Tennis zu spielen. Er hatte ein Sportstipendium bekommen. Man wollte ihn unbedingt fördern.

Gleich würden Melanie und Hanna gegeneinander spielen. Ein Grund mehr, wieso sie am liebsten nicht gekommen wäre. Melanie wird sowieso gewinnen, zumindest hoffte sie das.

Ihr Telefon klingelte. Mit der Erwartung es sei „Nene", wie sie als Albanerin ihre Mutter liebevoll nannte, blickte sie auf ihr Handy. Doch dort stand nur **„Anonym".**

Fatime kannte diese Anrufe. Sie waren jedes Mal das Gleiche. Derselbe Mann wie immer, seine Stimme extrem tief, mit einem leichten Kratzen, es klang schon fast so, als ob er sie extra verstellen würde. Es war immer die gleiche Stimme, so wie er auch jedes Mal das gleiche Hässliche zu ihr sagte.

Sie bekam diese Anrufe nicht oft, doch wenn, dann waren sie gruselig. Der Anrufer wusste, wo sie war und wer sie war. Sie jedoch wusste nichts über ihn. *Geh nicht ran,* sagte ihr die Stimme im Kopf. Sie wusste, sie sollte darauf hören, doch sie konnte nicht anders. „Fatime, dich mit deinen Brüdern zu sehen, wie gut du sie behandelst, macht mich ganz geil auf dich, wie gut du wohl später auf unsere Kinder Acht gibst?"

Verunsichert betrachtete sie ihr Umfeld genauer. Zu viele Männer waren derzeit am Telefon, um sagen zu können, welcher es war. War es einer ihrer Landsmänner? Oder würde auch ein Schweizer so etwas tun?

Das Spiel von Melanie und Hanna war mittlerweile fertig. Wie geahnt hatte Melanie gewonnen und Hanna lief, wie ebenfalls erwartet, schnellstmöglich zu den Kabinen. Fatime konnte nur ahnen, dass Hanna am Flennen war, so wie sie es immer tat. Von hier oben, unter dem Baum konnte sie so weit nicht sehen. Vermutlich fing Hanna erst an, wenn sie in den Garderoben war, wo sie niemand mehr sehen konnte. So wie sie auch in der Schule auf die Toilette ging, wenn sie eine schlechte Note hatte. Vermutlich ebenfalls, um nicht vor der Klasse zu flennen. Fatime konnte das nicht nachvollziehen. Wieso fing Hanna wegen allem an zu heulen? Die Welt geht von einem verlorenen Spiel nicht unter und ihre Zukunft hängt auch nicht davon ab. Für eine Tenniskarriere war es sowieso zu spät und in der Schule brachte sie ja mehr oder weniger hervorragende Leistungen.

Während sie auf ihren Cousin wartete, traf sie auf seinen Trainer. Sein Trainer war, wie auch sie selbst, aus dem Balkan. Im Vergleich zu ihr jedoch war er noch nicht so lange hier und sprach dementsprechend auch noch nicht so gut Deutsch. Leider hatte sie selbst schon miterlebt, wie er dafür belächelt wurde. Wenn er eine Ansprache hielt oder seine Spieler anfeuerte, hatte sie schon das eine oder andere Mal einen doofen Spruch gehört. Manchmal waren sie schlimmer, manchmal weniger. Sie gingen von: „Süß wie sein Deutsch klingt", bis zu „Er soll lieber wieder in sein Land zurück, wo man seine Sprache spricht". Solche Aussagen verletzten sogar sie. Auch wenn sie nicht direkt an sie gingen, erinnerten die Sprüche sie daran, was sie schon alles gehört hatte.

Nachdem sie sich ein wenig mit dem Trainer unterhalten hatte, kam auch schon ihr Cousin aus der Garderobe.

Hanna

Das Spiel war zu Ende. Hanna verließ das Spielfeld und lief schnurstracks zu den Garderoben. Natürlich. Ausgerechnet jetzt musste sie in Ardian hereinlaufen. Sie hasste es, wenn andere Menschen sie weinen sahen und bei fremden Menschen störte es sie noch mehr. Man sollte sie nicht für ein schwaches Mädchen halten und schon gar nicht für eine Heulsuse.

„Hanna warte!" Ardian drehte sich nach ihr um, auch das noch. „Warte doch." Sie blieb stehen. *Durchatmen, tief ein und aus.* Sie drehte sich um. „Was", kam ihre Antwort, es klang kälter, als sie beabsichtigt hatte.

Bei seinem Anblick kam ihr direkt wieder der Anruf in den Sinn, „Ich liebe es, dich in deinem Tennisröckchen spielen zu sehen, das macht mich ganz geil auf dich." War er dieser Anrufer? *Die Nationalität würde schon mal passen, an meine Nummer kam er sicher auch irgendwie und vorstellen bei ihm könnte ich es mir. Doch irgendwie passte seine Stimme nicht zu der des Anrufers.*

„Ich finde, du hast gut gespielt. Ich weiß, dass du enttäuscht von dir bist, aber sei nicht so hart zu dir selbst. Du bist eine gute Spielerin und verbesserst dich bei jedem Mal. Nächstes Mal schaffst du es sicher. Außerdem schäm dich nicht für deine Tränen, sie zeigen deine Gefühle, man muss nicht immer stark sein."

Mit einem Zwinkern kehrte er sich um und ließ Hanna im Gang stehen. *Was war das denn? Wieso war er so süß gerade eben?,* schoss es ihr durch den Kopf, doch kurz darauf der nächste Gedanke: *Hör auf so zu denken, er ist Albaner und dazu noch Moslem, er würde alles sagen, um dich rumzukriegen.* Doch auch wenn sie es nicht wahrhaben wollte, hatte diese kleine Ansprache Wirkung gezeigt. Es ging ihr ein wenig besser und sie fühlte sich nicht mehr ganz wie eine Versagerin.

Nach dem Duschen wartete bereits Leon im Gang auf sie. Er umarmte sie und fing an, über die nächste Woche zu quatschen; nichts über ihr Spiel, nichts, um sie aufzumuntern, und nichts darüber, wie es ihr geht. In Gedanken versunken lief sie neben ihm her. Die Reaktion ihrer Eltern konnte sie bereits vorhersagen; „Was war los mit dir? Möchtest du, dass wir dich abmelden vom Unterricht? Brauchst du noch mehr Unterricht, bis du etwas auf die Reihe kriegst? Wo warst du mit deinen Gedanken?" oder „Kannst du überhaupt etwas?" Doch heute hatten sie sich etwas Neues einfallen lassen. Die Ausdrücke auf den Gesichtern ihrer Eltern ließen wie üblich zu wünschen übrig.

„Wir sind enttäuscht von dir Hanna, wir wissen nicht, was wir sonst noch mit dir machen können, du lernst einfach nichts, bleibst immer gleich schlecht. Weißt du eigentlich, wie wir uns für dich schämen? Immer unseren Freunden zu erzählen, dass du es wieder nicht geschafft hast? Wir haben schon so viel Geld in dich und deinen Tennisunterricht gesteckt und für was? – Nichts und wieder nichts!"

Das war zu viel auf einmal für Hanna. Sie stieg nicht ins Auto ein, sondern lief los, zu ihrem Lieblingsplatz, dem Spielplatz unten an ihrer Häuserreihe. Dort ging sie immer hin, wenn sie allein sein wollte. Mit Musik in den Ohren setzte sie sich auf die Schaukel und ließ die Zeit an sich vorbeiziehen.

Während Samra gerade in ihrem Ohr über Drogen und Gewaltdelikte rappte, was eigentlich nicht zu ihr passte, vergaß sie immer mehr und mehr die Zeit, schweifte mit ihren Gedanken durch die Welt, nach Amerika, bis zu Ardian. Bei ihm angekommen schreckte sie hoch, sie hatte total die Zeit vergessen. Das wird zusätzlich Ärger geben.

Hanna

Am darauffolgenden Wochenende traf sie Leon wie verabredet um 14.00 Uhr am Hafen. Leons Familie besaß mehrere Boote und eines davon war auf dem kleinen Badesee bei ihnen im Dorf. Den Ausflug hatten sie schon vor Langem geplant. Glücklicherweise war heute perfektes Wetter, es war richtig schön warm.

Sie verbrachte gerne Zeit mit Leon, sie fühlte sich wohl bei ihm. Und wie sie so neben ihm saß, dachte sie darüber nach, ihm alles zu erzählen. Von der sexuellen Belästigung vor zwei Jahren, so wie auch von den Anrufen, welche nicht aufhören wollten.

„Ist etwas, du siehst so bedrückt aus?" Da es ihn wirklich zu interessieren schien, wie es ihr ging, war für sie die Entscheidung gefallen. Und was konnte schon groß passieren, es war ja nicht ihre Schuld.

So erzählte sie ihm alles. Dass der Belästiger vor zwei Jahren einer aus dem Balkan war und dass sie davon ausgeht, dass es diesmal sicher wieder einer von dort unten sein müsse. Kein Schweizer würde so etwas je machen, die würden nicht einmal auf die Idee kommen. Wie sie anfing zu erzählen, fingen auch ihre Tränen an, zu fließen, doch es war ihr egal. Man muss nicht immer stark sein …

Leon hörte ihr erst einmal nur zu. Als sie mit ihrer Erzählung fertig war, nahm er sie in den Arm und streichelte ihren Kopf. Ihm gefiel es nicht, sie weinen zu sehen. So aufgelöst kannte er sie gar nicht, es war ihm sogar fast schon ein bisschen unangenehm. Wenn sie weiter so weinte, würde er auch bald damit anfangen.

Hanna wischte sich ihre Tränen ab und setzte wieder ein Lächeln auf. Leon hatte bis jetzt nichts gesagt. *War es ein Fehler, ihm alles zu erzählen?* Sie öffnete sich sonst nie jemandem. Leon war fassungslos. Nach langem Schweigen räusperte er sich jedoch: „Wieso hast du mir all das nicht schon früher erzählt?"

Hanna kannte die Antwort, doch wie sollte sie ihm diese erklären? Wie sollte sie ihm sagen, dass es in ihr noch viel mehr gibt, was sie belastet, außer dieser einen Sache. All die Dinge, die geschehen waren, lasteten auf ihr. Sie erdrückten sie und mit jedem Tag wurden sie schwerer. Wie sollte sie ihrem besten Freund sagen, dass ihre Freude an allem verloren gegangen war, dass ihre einzige Motivation war, ihre Eltern Stolz zu machen. Doch auch dieses Stolzmachen schaffte sie bereits nicht mehr. Es war zu viel in ihr los, als dass Worte beschreiben könnten, was sie wirklich fühlte. Also hielt sie es kurz und knapp: „Ich wusste nicht wie."

Zum Glück kannte Leon sie gut genug, um zu wissen, dass es nicht der Moment war, um weiter darauf einzugehen. Deshalb begann er nach längerem Schweigen von seinem Wochenende, welches er mit seinen Tennisfreunden, unter anderem auch Ardian, verbracht hatte, zu erzählen. Natürlich wusste er nicht, was sein Name bereits bei ihr auslöste, und war deshalb auch so überrascht, als Hanna aus dem Nichts das Thema wechselte und ihm das Wort abschnitt.

„Ugh, schau mal, da ist Fatime." Man konnte Hannas Ablehnung spürbar raushören. „Wieso magst du sie eigentlich nicht?" Leon hatte Hanna in dem Punkt noch nie verstanden. Fatime sah nicht nur gut aus, sondern sie hatte auch ein tolles Lachen, welches ihn und andere ansteckte.

„Sie kommt gefühlt einmal in der Woche zur Schule. Die restlichen Tage macht sie krank. Sie ist die ganze Zeit unterwegs, entweder mit Freunden oder ihrer großen Familie. Und fällt nicht mal durch in der Schule. Obwohl sie Ausländerin ist?"

Dass es an der guten Leistung lag, hätte Leon sich eigentlich denken können. Jeder der gut oder besser als Hanna war,

war ihr ein Dorn im Auge. *Natürlich war es nicht nur ihre Schuld, sondern lag es auch daran, wie sie aufgewachsen war,* dachte sich Leon. Er hatte einige Male mitbekommen, wie ihre Eltern mit ihr umgegangen waren.

„Du solltest dich mal selbst hören, meine Liebe, man könnte fast schon meinen, du magst sie nicht wegen ihrer Nationalität." Im Gegensatz zu ihr hatte Leon viele ausländische Freunde. Mehr als sein halber Freundeskreis hatte seine Wurzeln im Balkan.

„Was? Nein, sicher nicht! Ich kann schon mit denen reden, so ist das nicht, aber ich finde es einfach speziell. Sie hätte ja auch einfach in den Detailhandel gehen können oder so, das wäre sicher einfacher für sie gewesen."

Leon behielt seine Gedanken für sich, dass, von der Leistung aus gesehen, im Vergleich zum Aufwand, wohl eher sie diejenige war, welche besser für den Detailhandel geeignet wäre. Doch er wollte es nicht auf die Spitze treiben.

Er wusste, dass Hanna, was ihre Haut angeht, empfindlich war. Doch so, wie sie im Moment aussah, hatte sie vergessen, sich einzucremen. Er musste es ihr sagen, doch egal, wie er es ihr sagen würde, sie würde es im Moment als Angriff auf sie und ihre helle blasse Haut aufnehmen. So entschied er sich, ihr einfach die Sonnencreme anzuwerfen, sie ist genug schlau, zu wissen, was man damit macht.

Fatime

Es war ein heißer Tag. Nächste Woche hatte sie drei große Prüfungen. Für Musik musste sie sowieso nichts lernen, das konnte sie. Wenn sie auf ihre Geschichtsunterlagen einen Blick werfen würde und sich eine Doku dazu ansah, würde auch das kein Problem werden. Nur für Physik musste sie sich zusammenreißen. Wann sie Zeit dazu finden sollte, um zu lernen, wusste sie nicht. Doch diesen Sonntag war erstmal baden angesagt.

Sie hatte sich mit Edona am Badesee verabredet. Ihre Cousins würden, wie immer, auch da sein. Sie musste nur noch mit ihrer Mutter reden, da sie in dieser Woche viel lernen musste und sich nicht viel um ihre Brüder kümmern konnte. Sie wollte sichergehen, dass ihre Mutter da sein wird, sonst würde sie ihre Brüder zu ihren Großeltern bringen. Gerade als sie ihr Zimmer verließ, kam ihr ihre Mutter entgegen. „Te lutem, kshyri djemt", rief sie Fatime hastig zu, was so viel bedeutet wie: „Bitte schau nach den zwei Jungs." „Nene, warte, ich kann nicht!" Von ihrer Mutter kam nur noch die Antwort: „Ich muss arbeiten." Sie hasste diese Art von Kommunikation. Sie war nicht einfach ein Kindermädchen, sie hatte auch ein eigenes Leben. Sie fühlte sich übergangen und nicht wertgeschätzt.

Na toll! Das hieß, Fatime musste ihre zwei kleinen Brüder mal wieder mitnehmen. Edona hatte zwar noch nie ein Problem damit gehabt, sie mochte die zwei kleinen Jungs, doch Fatime selber zeigte sich nicht gerne allzu oft in der Öffentlichkeit mit ihnen. Mittlerweile hatte sie jedes Mal Angst, wieder einen dieser Anrufe zu kriegen, wenn sie mit ihnen unterwegs war. Von wegen, sie wäre eine gute Mutter.

Am See war es bereits voll. Zum Glück waren ihre Cousins schon vorher gegangen, so hatten sie einen guten Platz ausgesucht, unter einem großen Feldahorn, schön abgelegen am Rand. Der Feldahorn war ihr Lieblingsbaum. Früher hatte sie mit ihrem Großvater im Herbst die propellerförmigen Blüten vom Boden aufgelesen. Wenn sie es schaffte, den Kern richtig in der Mitte zu spalten, konnte sie die Blüte immer auf die Nase ihres Großvaters kleben. Nachdem er gestorben war, hatte sie diese Geste ihren Brüdern gezeigt, und jetzt war sie diejenige, welche die Blüte auf die Nase geklebt bekam.

Obwohl sie zuerst keine Lust auf ihre Brüder gehabt hatte, war der Tag doch gänzlich schön gewesen. Alle mochten ihre Brüder und sie waren immer willkommen. Sie waren Familie. Es waren die einfachen Sachen, dieses Nichtstun, einfach da sein und doch in der Gemeinschaft sein, was sie so mochte. Es war beruhigend für sie.

Edona und sie nutzten diese Tage immer gerne, um sich zu bräunen. Manchmal machten sie fast schon einen Wettbewerb, wer brauner wurde. Sie benutzten beide gerne Sonnenöl und schmierten sich damit ein. Von Sonnencreme hatten sie beide noch nie Gebrauch gemacht. Am Ende des Tages wurde dann immer der Abdruck des Bikinis gemessen, bei wem der Kontrast stärker war.

Als sie gerade von der Toilette zurückkam, hörte sie, falls sie sich nicht irrte, ihre Cousins gerade über Hanna und Leon sprechen. „Von wem sprecht ihr?" Sie musste natürlich nachfragen, denn wo über Hanna gesprochen wird, wollte sie auch mitreden. „Hanna und Leon sind zusammen mit dem Boot unterwegs, wahrscheinlich eins von Leons." Ihr Cousin hatte eine Art, Sachen, welche eigentlich total unwichtig waren, so zu sagen, als ob diese die Welt verändern würden. So, wie er diesen Satz gerade ausgesprochen hatte, könnte man denken, die zwei würden auf dem Boot sonst etwas treiben, auch wenn hier alle wussten, dass die beiden nur befreundet waren. Man könnte fast meinen, er wäre eifersüchtig, doch Fatime wollte beim besten Willen kein Grund dafür einfallen. Ihr Cousin und Leon waren so gut befreundet, dass auch er schon mit auf dem Boot war. „Was läuft denn bei denen, dass die zu zweit auf ein Boot gehen? Das ist ja megalangweilig." Tief im Inneren fand sie das eigentlich gar nicht. Sie wollte schon immer mit Freunden oder ihrer Familie auf ein Boot, doch bis jetzt hatte sich nie die Gelegenheit ergeben oder es war einfach viel zu teuer.

Ihre Cousins antworteten nichts darauf. Wahrscheinlich war allen bewusst, dass die Eifersucht aus ihr sprach, denn sie hatte schon oft gesagt, sie würde gerne Mal mit einem Boot fahren. Sie war froh, dass niemand auf die Idee kam, es könnte an Hanna an sich liegen, denn in ihrer Familie hielt man nicht viel davon, anderen Menschen nichts zu gönnen. Doch Fatime konnte daran nichts ändern. Entweder lag es an Hannas Art oder dass sie eine tolle Familie hatte und bei ihr alles viel einfacher und besser war.

Hanna

Als sie wieder an Land waren, wollte sie so schnell wie möglich nach Hause. Der heutige Tag war anstrengend und außerdem war es schon bald halb sechs, was hieß, dass es bei ihnen zu Hause bald Zeit fürs Abendessen war.

Kaum hatte sie die Badewiese hinter sich gelassen, hörte sie hinter sich Schritte. Sie drehte sich nicht um. Sie wollte jetzt mit niemandem mehr reden. Das Reden mit Leon hatte sie angestrengt. „Hanna warte!" Die Stimme löste in ihr mehr aus, als sie sollte und sie wusste sofort, wer es war. Etwas in ihr weigerte sich, weiter zu laufen. Sie drehte sich um. Ardian. „Was willst du?" Man konnte ihren Widerwillen fast schon greifen. Ardians Lächeln erlosch. Er hatte nicht mit einem Freudenschrei gerechnet, doch so viel Ablehnung hatte er auch nicht erwartet. Als Hanna die Auswirkung ihrer Reaktion realisierte, änderte sie ihre Stimme sofort. Sie hatte nicht so garstig sein wollen.

„Tut mir leid, was ist?" Ardian war überrascht, dass sich ihre Haltung so schnell ändern konnte, doch er war froh darüber. Nach einem kurzen Small-talk über ihren Tag und ihre vergangene Woche raffte sich Ardian auf und stellte ihr die Frage, welche er eigentlich schon lange hatte fragen wollen. Seit Wochen hatte er sich überlegt, wie er sie danach fragen sollte, auch wenn es nur ihre Nummer war, hatte er doch Bedenken, dass sie Nein sagen würde. Nicht nur Ardian war verblüfft, sondern auch Hanna, wie schnell sie eingewilligt hatte, ihm ihre Nummer zu geben.

Ardian brachte sie bis knapp vor ihre Haustüre. Da sie sowieso schon viel zu spät dran war, wollte sie nicht, dass ihre Eltern sie mit ihm sahen. Sie hätte sonst nur eine Ansprache über Moslems, Albaner und die sonstigen, in den Augen Eltern schlechten Einflüsse, bekommen.

Als sie abends in ihrem Bett lag und über den Tag nachdachte, klingelte ihr Handy. *Ardian würde doch wohl nicht so dreist sein und sie keine zwei Stunden später anrufen?*, war der erste Gedanke, welcher ihr durch den Kopf schoss, der Zweite war: *Ach quatsch, der wird sich erstmal zwei Wochen lang nicht melden und dann aus dem Nichts mit einem bedeutungslosen „Hey" ankommen, so wie es die Albaner immer taten, dann wenn es ihnen gerade passte.* Dass es innerlich in ihr doch eine kleine Hoffnung gewesen war, bemerkte sie, als sie enttäuscht feststellte, dass es nicht er war. Ob es nur an ihm lag, dass sie mit ihm reden wollte oder daran, wer es wirklich war, konnte sie in dem Moment nicht entscheiden. Sie hasste diese Momente. Wieder einmal einer dieser **„Anonym"**-Momente. Am liebsten hätte sie auf der Stelle ihr Handy weggeworfen, gehofft, es ginge kaputt und nie mehr darauf geschaut. Sollte sie abnehmen? Sie wollte eigentlich diese extrem tiefe, leicht kratzende Stimme nie mehr hören.

In der Hoffnung, es könnte vielleicht doch Ardian oder jemand anderes sein, nahm sie ab. Ein Fehler. „Hallo Hanna." Unverwechselbar, seine Stimme. „Wie war dein Tag? War es schön am Badesee? Ich hab dich gesehen, du sahst richtig geil aus." Obwohl die Stimme nur durch das Telefon zu hören war, füllte sie den ganzen Raum. Hanna zögerte keine Sekunde und legte auf. Wer hatte sie gesehen? Oder war es doch Ardian?

Oder einer seiner Freunde, welche sich einen Spass erlaubten? Wer war noch dort gewesen, den sie gekannt hatte? Sie wusste es nicht, weder, wer es war, noch, wer es auf keinen Fall sein konnte. Am liebsten hätte sie ihr Zimmer nie wieder verlassen. Sie stopfte sich Musik in die Ohren und ließ auf voller Lautstärke ihre „Scheiß-auf-alles"-Playlist laufen.

Wieder klingelte ihr Handy. Sie wollte nicht nachschauen. Sie wollte nicht wissen, ob ihr **„Anonym"** noch mehr zu sagen hatte. Sie hatte keine Kraft. Als ihr Handy klingelte und klingelte, wollte sie nur noch Bestätigung, dass er es nochmal war. Ihr Herz setzte für einen Moment aus. Wieder hatte sie sich geirrt. Weder war es **„Anonym",** noch war es sonst jemand, den sie kannte. Sie war sich unsicher. Wer würde sie schon um diese Zeit anrufen? Alle ihre Freunde wussten, dass sie normalerweise um diese Uhrzeit bereits schlief. Da sie jedoch sowieso nicht schlafen konnte, nahm sie ab. „Na, hab ich dich geweckt, dass du so lange gebraucht hast, um abzunehmen?" Dieser Satz konnte nur von einem kommen. Weder hatte sie mit einem Anruf gerechnet noch damit, um diese Uhrzeit von ihm zu hören. Sie versuchte, es lässig abzutun: „Nein nein, ich bin gerade erst aus der Dusche gekommen." Sie hatte jetzt mit einem typischen Satz wie: „Oh, also bist du gerade nackt?" oder „Ohne mich?" gerechnet, doch er antwortete nur: „Perfekt, dann bleibt uns ja noch die ganze Nacht, um zu reden." Und so war es dann auch. Minuten um Minuten, Stunden um Stunden verstrichen. Sie redeten und lachten, so viel hatte Hanna in ihrer gesamten Schulzeit nicht mehr gelacht. Als ihre Mutter am Morgen zur Tür hereinkam, um sie zu wecken, hatte sie gerade einmal zwei Stunden geschlafen. So war es kein Wunder, dass ihre Mutter sie vier Mal rufen musste, bis sie beim Frühstück auftauchte. „Da bist du ja endlich." Ihre Mutter und musterte sie abfällig, nur um sich danach wieder ihrer Zeitung zu widmen.

Fatime

Als es kühler wurde und die Sonne langsam hinter den Bäumen verschwand, brachen sie langsam auf. Braun waren sie alle geworden. An der Kreuzung kurz vor ihrer Straße verabschiedeten sie sich und alle gingen in ihre Richtung weiter nach Hause. In ihrem Block musste sie mit dem Gepäck und ihren kleinen Brüdern erst Mal noch in den vierten Stock hochlaufen. Oben angekommen, völlig verschwitzt, stellt sie fest, dass ihre Mutter immer noch nicht zu Hause war. Das bedeutete, dass sie kochen, abwaschen und die Kleinen ins Bett bringen musste. Kurz gesagt würde sie heute keine Zeit mehr zum Lernen finden.

Mit einem Blick in den Kühlschrank stand fest, heute wird es wohl mal wieder Essen aus dem Tiefkühler geben, denn der Kühlschrank war komplett leer, bis auf eine Flasche Milch, die höchstwahrscheinlich abgelaufen war, ein paar Saucen und ein verschrumpelter Apfel.

Nach dem Abendessen wollten die Jungs natürlich nicht direkt schlafen gehen. So spielten sie noch eine Weile, machten Krach, und bis sie endlich im Bett waren, stand die Uhr schon fast auf zehn Uhr. Um zu lernen, war es bereits zu spät, als dass es wirklich noch etwas bringen würde. Und auch der Lärm der Nachbarn von oben tat nichts zum Besseren ihrer Situation.

Also schmiss sie sich eine Doku auf ihrem Laptop an und machte es sich im Bett gemütlich, bis ihr mit der Zeit die Augen zufielen, und von ihrer Mutter immer noch keine Spur zu Hause war.

Um drei Uhr wurde sie wieder wach. Nicht nur ihr Kopf wummerte, sondern auch von oben dröhnte der Bass bis in ihr Zimmer. Beides war für sie nicht selten. Sie lebte in einem Viertel, indem weder die Wände gut gedämmt waren, noch Rücksicht auf andere Mitbewohner genommen wurde. Doch das Wummern in ihrem Kopf wurde schlimmer. Es waren ihre altbekannte Migräne. Auszuhalten war so etwas kaum und ihre Tabletten halfen nur, wenn man sie vor der Attacke nahm, was während des Schlafens so gut wie unmöglich war. Also war jetzt durchhalten angesagt. Einfach gesagt, wenn man es selbst noch nie erlebt hat. Die Schmerzen kommen mit einem wiederkehrenden Stechen und es fühlt sich an, als ob jemand ihre Augen aussticht. Erst nach über einer Stunde werden die Schmerzen wieder erträglich, doch zum Weiterschlafen sind sie immer noch zu stark.

Weil Fatime in dieser Nacht so wenig geschlafen hatte, entschied sie sich, nicht in die Schule zu gehen. Abgesehen von ihrer Müdigkeit hatte sie am Nachmittag noch Musikunterricht und sie wollte sich lieber noch ein wenig dafür vorbereiten.

Hanna

Hanna hatte am nächsten Tag in der Schule kaum ein Auge aufbehalten. Noch nie war sie nach so wenig Schlaf in der Schule gewesen. Selbst ihre beste Freundin Luisa hatte sie angesprochen, was los war. Als sie den Grund erfuhr, erntete Hanna nur einen entgeisterten Blick, bevor Luisa sich weiter auf den Unterricht konzentrierte. Heute war Hanna so in ihren Gedanken versunken, dass ihr nicht einmal auffiel, dass Fatime heute mal wieder nicht im Unterricht anwesend war. Während des Unterrichts konnte sie ihr Handy mehrmals vibrieren spüren, doch sie traute sich nicht, nachzuschauen. Auf dem Heimweg warf sie einen Blick darauf und ein Lächeln breitete sich auf ihrem Gesicht aus. Als sie sich dessen bewusstwurde, versteinerte sich ihr Gesicht wieder zu ihrer normalen harten Miene, doch ihr Herz schlug ein wenig schneller, was sie auch nicht ändern konnte. Die Nachrichten waren alle von Ardian.

Als sie zu Hause ankam, wusste sie bereits, was ihr bevorstand, denn es war Lernen angesagt. Zu allem Übel noch mit ihrer Mutter zusammen.

Ihre Mutter durfte nichts von ihrer Müdigkeit mitbekommen, sonst war gestern das letzte Mal, dass sie tagsüber so lange weggedurft hatte. Das zu späte nach Hause kommen hatte es auch nicht besser gemacht. Heute musste sie Mathe und Geschichte lernen. Geschichte fiel ihr besonders schwer, da sie sich nicht gut Ereignisse merken und die ganzen Namen zuordnen konnte. Mathe war dafür eines ihrer besseren Fächer, da ihr logisches Denken und Verknüpfen viel einfacher fiel.

Obwohl sie in Mathe nun seit 40 Minuten an der gleichen Aufgabe saß und ihre Mutter langsam die Nerven verlor, drehte sich in ihrem Kopf trotzdem alles nur um Ardian. Das ging so nicht weiter, es hätte nie so weit kommen dürfen. Sie wollte nichts mehr mit ihm zu tun haben. Er war Albaner und Moslem. Was hatte sie sich nur dabei gedacht?

Als sie nun nach 2 Stunden auf die Uhr sah und es bereits 6 Uhr war, konnte sie endlich aufstehen und sich parat für ihr Tennistraining machen.

Heute ging sie zum ersten Mal mit gemischten Gefühlen los. War Ardian heute auch da? Würde er sie heute ansprechen? Ihr Kopf sagte selbstverständlich nein, sie wollte das nicht, doch ihr Herz hatte da offensichtlich andere Vorstellungen, denn sie konnte es nicht verhindern, dass sie natürlich nur „per Zufall" ihre Lieblingskleider anzog und sich noch hastig ein wenig Wimperntusche auftrug.

Angekommen stellte sie enttäuscht fest, dass er nicht da war. Ihr Kopf dachte rational, es wäre besser so. Doch auch beim Training waren ihre Gedanken nicht da, wo sie sein sollten. Sie konnte sich kaum konzentrieren, ihre Blicke huschten permanent zum Eingang, in der Hoffnung, er würde noch durchs Tennisplatztor spazieren. Während ihre Gedanken beim Tor waren, hatte Melanie natürlich was anderes im Kopf. Sie war immer fokussiert, so dass es kein Wunder war, dass Hanna heute zu Null verlor.

Als sie nach dem Training erschöpft war und fertig geduscht aus der Garderobe kam, sprach sie sogar ihr Trainer an, ob alles okay wäre. Das bedeutete ihr viel, und trotzdem schämte sie sich in dem Moment ein wenig. Denn ihr Trainer war ihr schon immer wichtig gewesen. Im Vergleich zu ihren Eltern war er immer stolz auf sie gewesen, egal ob sie den ersten Platz oder den zweiten erreichte.

Sie erzählte ihm aber nicht, was los war, sondern sagte nur: „Ich bin müde, weiter nichts" und machte sich auf den Nachhauseweg.

Fatime

Mit ihren Noten in der Tasche machte sie sich auf den Weg zum Bus. Tage, an denen sie Klavierstunde hatte, gehörten zu ihren Lieblingstagen. Während in ihren Ohren gerade Mozarts Kunststücke liefen, waren ihre Gedanken irgendwo in der Ferne und ihre Augen geschlossen. Sie hatte noch 30 Minuten Fahrt vor sich, was noch für ein kleines Schläfchen reichen würde.

Sie schreckte hoch. Ein Anruf. Wahrscheinlich ihre Mutter, welche wieder Mal nicht wusste, wo sie war oder wollte, dass sie ihre Brüder irgendwo abholen oder hinbringen sollte.

„Sei nicht genervt, Süße. Ich wollte dir nur sagen, wie unfassbar geil es mich gerade gemacht hat, dich so schlafen zu sehen", kam es aus dem Handy heraus, bevor sie überhaupt hatte Hallo sagen können. Sie musste nicht nachschauen, um zu wissen, wer es war, denn so ein Satz und diese Stimme konnten nur von jemandem sein: **„Anonym".**

Hastig blickte sie umher, doch außer zwei fremden Männern und einer Mutter mit ihrer Tochter war im Bus niemand zu sehen. Die Anrufe wurden mit jedem Mal schlimmer und jagten ihr immer mehr Angst ein. Wer war das, wer konnte so etwas überhaupt tun und wer ekelte sich nicht vor sich selbst bei solchen Aussagen? Wenn das so weiter ginge, würde sie es bald jemandem erzählen. Die Frage war nur wem, denn ihre Freundinnen wüssten selber auch nicht, was machen, und ihre Cousins würden nur total ausrasten und die Fassung verlieren. Vielleicht würde sie es ihrem ein Jahr älteren Cousin erzählen, ihrem Lieblingscousin. Doch was wollte er schon groß machen?

Während sie so vor sich hin grübelte, waren die 30 Minuten auch schon wie im Flug vergangen. Wieviel davon sie geschlafen hatte und wieviel sie über Anonym nachgedacht hatte, wusste sie nicht.

Von der Bushaltestelle bis zur Musikschule blieben ihr noch vier Minuten. Das hieß für sie, vier Minuten, um sich zu sammeln. Sie wollte während ihrer Lieblingsbeschäftigung nicht an ihn denken. Er war es nicht wert.

Dennoch gelang es ihr nicht, ihn in dieser kurzen Zeit hinter sich zu lassen. Die Klavierstunde lief schlechter als erwartet. Nachdem sie mehrmals neu angefangen hatte, unterbrach sie schlussendlich ihr Lehrer. Er konnte sich das nicht mehr länger anhören. „Was ist nur los mit dir?"

Etwas zerbrach in ihr, als sie realisierte, dass „Er" es sogar an den Ort geschafft hatte, der für sie bis jetzt ihr Lieblingsort und zudem auch ihr sicherster Ort gewesen war. Sie hatte sich bis jetzt hier so wohl gefühlt. Obwohl sie es hasste, vor anderen zu weinen und Schwäche zu zeigen, konnte sie ihre Tränen nicht mehr zurückhalten. Ihr Gefühl der Sicherheit war weg und somit auch das Gefühl von Schutz.

Sie war sich nicht sicher, ob es richtig war, sich ihrem Klavierlehrer anzuvertrauen, und doch tat sie es. Er war für sie nicht nur ein Musiklehrer, sondern viel mehr auch eine Art Vaterersatz. Er merkte immer, wenn etwas mit ihr nicht stimmte und war für sie da, wenn sie es brauchte.

Sie sagte ihm, er solle sich hinsetzen und erzählte ihm alles. Wie es angefangen hatte, zuerst nur Anrufe einmal im Monat, wobei jedoch der Anrufer nichts sagte, sondern sie nur verunsicherte. Dann, wie er anfing, ihren Namen zu stöhnen und sich während der Anrufe selbst befriedigte, bis zu den kürzlichen Anrufen, wo er in ihre Privatsphäre eindrang und sich in ihrer Nähe aufhielt.

Zum Glück saß ihr Musiklehrer schon. Er war schockiert, sprachlos und wusste vorerst nicht, was er sagen sollte. Und doch fand er, wie bei den letzten beiden Malen, als ihr etwas auf dem Herzen lag, genau die richtigen Worte für Fatime. Auch wenn er an der Lage nichts ändern konnte, war es doch wichtig für Fatime, dass er sich so für sie interessierte und ihr geholfen hatte, ihr nicht nur seelischen Beistand leistete, sondern sie auch in die Arme nahm. In ihrem Leben gab es sonst nicht viele Männer, welche nicht sexuelle Interessen an ihr hatten, deswegen tat seine Umarmung besonders gut. Sie fühlte sich einfach sicher bei ihm. Sie beschlossen zusammen, dass es genug für heute war und sie das nächste Mal ihr Stück von vorne anfangen würden.

Als sie heimkam und sich in der Küche etwas zu essen machte, hörte sie ihre Nachbarn über ihnen wieder einmal streiten. Das war nicht selten bei ihnen, mindestens ein Mal in der Woche und der Streit ging meistens über mehrere Stunden. Worüber genau ihre Nachbarn stritten, wusste sie nicht, doch es war ihr auch herzlich egal. Nachdem sie ihre Brüder ins Bett gebracht hatte, freute sie sich, endlich einmal wieder Zeit zu haben, um ihr Buch weiterzulesen. Doch als sie auf ihr Handy blickte, um auf die Uhr zu sehen, fiel es ihr fast aus der Hand. Edona hatte ihr geschrieben. Mist, sie hatte ihre Geschichtsklausur für morgen total vergessen.

Zu ihrem Glück war es nur eine Geschichtsprüfung. Schon als sie klein war, hatte sie sich für alle möglichen Geschichten interessiert. Schon im Kindergarten hatte sie von ihrem älteren Cousin lesen gelernt und angefangen, Geschichten zu lesen. So kam es auch, dass sie sich heute noch in Bücher und Geschichten flüchtete, wenn sie nicht mehr weiterwusste. Sobald sie dann ein Buch aufschlug, tauchte sie in eine neue Welt und konnte ihre anderen Probleme vergessen.

Ihre Prüfung morgen würde ein Kinderspiel für sie werden, denn es ging um die Industrialisierung und ihre Lieblingsromanserie spielte zu dieser Zeit, so dass sie all die Ereignisse und Erlebnisse kannte und wusste, wie das Leben damals aussah.

So nahm sie sich doch ein Buch, zog sich einen warmen Pullover an und machte sich auf den Weg zum Spielplatz, denn zu Hause hätte sie keine Ruhe, um zu lesen, da ihre Nachbarn immer noch stritten.

Hanna

Als sie am nächsten Morgen zur Schule ging, war sie wieder total müde. Wie in der Nacht davor hatte sie mit Ardian telefoniert und es war spät geworden. Sie hasste sich dafür. Wieso hatte sie nicht einfach aufgelegt? Sie hatte doch sowieso nicht mit ihm sprechen wollen. Was dachte sie sich dabei? Er würde sie irgendwann eh wieder sitzen lassen, wenn er eine Bessere gefunden hatte. Außerdem bekam sie sowieso immer mit, wie alle um sie herum sagten, Albaner würden schlussendlich sowieso immer eine Albanerin heiraten. Noch dazu war er Moslem, was dachte er sich überhaupt dabei? Wäre das nicht alles sowieso eine Sünde für ihn? Also bedeutete das, er wollte sich mit ihr nur ein bisschen Zeit vertreiben.

Naja, darüber muss sie sich wohl ein anderes Mal Gedanken machen. Dafür blieb ihr jetzt keine Zeit mehr. Sie hatte heute ihre Geschichtsprüfung und die wollte sie nicht vermasseln. Sie war bei ihren letzten Prüfungen schon nicht so gut gewesen, wie sie es hatte sein wollen. Ihre meisten Noten wurden im Moment auf eine 5 abgerundet anstatt auf eine 5.5 oder sogar eine 6.0 aufgerundet.

Die Prüfung fand nach der Pause statt. In der Pause hatte sie sich noch einmal ihre Zusammenfassung durchgelesen und versucht, sich alle Zahlen zu merken. Pünktlich zum ersten Klingeln saß sie bereits an ihrem Platz und wartete auf ihre Mitschüler. So wie es aussah, würde Fatime zur Abwechslung diese Prüfung wieder einmal verpassen, nichts Neues. Sie hatte sie schon oft gewundert, wieso Fatime so oft fehlte. So oft krank sein konnte sie gar nicht. Wahrscheinlich machte sie einfach die ganze Zeit krank, was jedoch auch komisch war, denn diese Ausländer sollten sich doch eigentlich wenigstens Mühe in der Schule geben, damit sie genug gute Noten schrieben. All die anderen Ausländer fehlten so gut wie nie, die hatten es wenigstens verstanden.

Genau beim zweiten Klingeln kam Fatime durch die Tür gestürzt. Ihre Pünktlichkeit ließ auch zu wünschen übrig, naja immerhin war sie heute einmal da.

Während der Prüfung schweiften ihre Gedanken immer wieder ab, so dass sie kaum eine Frage wirklich gut und sicher beantworten konnte, was sie total verunsicherte. Als sie zu Hause ankam, war die erste Frage ihrer Mutter, wie denn die Prüfung gewesen sei und ob sie denn dieses Mal wieder eine Enttäuschung mit nach Hause bringen werde.

Fatime

Sie war heute Morgen fast nicht aus dem Bett gekommen, denn sie war gestern nach dem Musikunterricht noch lange draußen gewesen. Doch sie hatte ihr Buch nicht auf die Seite legen können, ohne herauszufinden, wieso ihre Lieblingsfigur Ella umgebracht worden war und vor allem von wem. Es war einfach zu spannend gewesen. Am Morgen war sie wieder mit mittelschweren Kopfschmerzen aufgewacht, also sozusagen im Normalzustand. Ihr war es sowieso sehr wichtig, heute die Prüfung zu schreiben. Eigentlich hasste sie es, Prüfungen und auch Stoff zu verpassen.

So war es dann auch kein Wunder, dass sie keine Zeit mehr für ein Frühstück hatte. Meistens war es sowieso nie mehr als eine Scheibe Brot, wenn überhaupt, weil sonst nichts anderes da war und sie es auch nur knapp auf den Bus schaffte. Zur Geschichtsprüfung kam sie beinahe zu spät, da sie in der Pause kurz eingenickt war, doch sie schaffte es noch rechtzeitig zum zweiten Klingeln und war auch nicht überrascht, dass sie die Fragen der Prüfung so gut beantworten konnte.

Als sie nach der Schule nach Hause kam, war niemand da, der sich dafür interessierte, wie es in der Schule war. Niemand war zu Hause. Manchmal, wenn sie nach der Schule mit zu ihrer Freundin Edona ging, interessierten sich ihre Eltern und sogar die Geschwister dafür, wie die Prüfung war. Sie wusste nicht mal, wo ihre Mutter und ihre Brüder waren.

Vertieft in ihr Buch, bemerkte sie nicht, dass ihre Mutter und Brüder nach Hause kamen. Irgendwann wunderte sie sich, ob sie nicht endlich einmal kommen sollten, und fing an, sich Sorgen zu machen. Als sie ihr Zimmer verließ und das Wohnzimmer betrat, lösten sich ihre Sorgen in Luft auf und verwandelten sich zu gespaltenem Ärger. Ihre Mutter lag auf dem Sofa und schlief, während ihre Brüder Hunger hatten. Anstatt ihre Mutter zu wecken, machte sie für die ganze Familie Essen. Sie machte ihrer Mutter keinen Vorwurf. Als ihr Vater damals gestorben war, hatte dies ihrer Mutter ziemlich zugesetzt und seit da gab sie ihr Bestes, um den Kindern ein einigermaßen gutes Leben zu ermöglichen. Die ganze Arbeit, die sie erledigte, führte dann leider manchmal dazu, dass sie vor Müdigkeit die Kinder mehr vernachlässigte, als sie es mit weniger Geld und dafür mehr Zeit getan hätte.

Das Verhältnis bei ihnen zu Hause war alles andere als normal. Bei ihren Freundinnen, Cousins und Cousinen war das Familienleben viel enger und verbundener. Der Vater war zu Hause und schaute für die ganze Familie. Natürlich durften deswegen auch ihre Cousinen viel weniger als sie. Fatime durfte so gut wie alles machen, was sie wollte, weswegen sie von anderen aus ihrer Gemeinschaft auch oft ausgegrenzt wurde – oder beneidet.

Da sie in letzter Zeit so viele Anrufe bekommen hatte, und sie merkte, wie sehr sie sie belasteten, entschied sie sich, es heute jemandem zu erzählen. Sie schrieb ihrem Cousin und sie trafen sich wie gewohnt bei ihrem Treffpunkt auf dem Spielplatz.

Mit ihrem Cousin hatte sie ein sehr enges Verhältnis. Da sie beide fast gleich alt waren, hatten sie schon als Kinder oft zusammengespielt, und als ihr Vater gestorben war, hatte sie manchmal fast eine ganze Woche bei seiner Familie gewohnt. Ihre Brüder waren dann meistens bei ihren Großeltern gewesen.

Als sie fertig mit dem Erzählen war, blickte sie in sein Gesicht. Was sie sah, bereitete ihr beinahe Angst. Ihr Cousin war entsetzt und unfassbar wütend. Er schlug in die Holzwand von der Schaukel neben ihnen und brach sich fast seine Hand. Er war so wütend, weil er nichts machen konnte. Hätte er gewusst, wer es war, hätte er es direkt ein für alle Mal beendet.

Hanna

Sie hasste Tage wie heute. Familienfest, wenn man es denn so nennen konnte. Im Grunde ging es jedes Mal darum, wer toller ist. Ihre Eltern benutzen dazu auch immer gerne sie, um mit ihr anzugeben. Oder würden es gerne.

Heute war der 55. Geburtstag ihres Onkels. Er hatte sie alle zu sich nach Hause eingeladen. Er und seine Frau hatten keine Kinder, ihr Haus und ihr Boot waren somit ihr Baby. Haus war der falsche Ausdruck, Villa trifft es besser. Riesig, 4 Stöcke, Indoor- und Outdoorpool, ein Whirlpool, eine Feuerstelle, also das Haus hatte alles, was man sich nur so vorstellen kann. Seine Frau würde wie immer alle bewirtschaften und sich kaum eine Minute ausruhen. Hanna hatte noch nie verstanden, wieso sie an solchen Festen nicht einfach in ein Restaurant gingen oder sich wenigstens das Essen liefern ließen.

Festlich angezogen machten sie sich auf den Weg. Vor dem Haus, auf dem riesigen Parkplatz, standen schon viele andere Autos. Besser gesagt, viele andere Schlitten oder Luxuskarren. Mit ihrem Mercedes, mit welchem sie sonst genug Aufmerksamkeit nur schon mit dem Auto auf sich zogen, waren sie hier durchschnittlich, wenn nicht sogar schon knapp zu der unteren Klasse.

Das Haus beeindruckte sie jedes Mal aufs Neue. Wie konnte man sich in so einer Villa überhaupt zurechtfinden? Wie kann man sich da zu Hause fühlen. Für Hanna ein Rätsel.

Nachdem sie ihrem Onkel gratuliert hatte, ging sie in den Garten. Wie jedes Mal fand hier die freudigste Begrüßung statt. Nicht mit ihrer Familie, sondern mit dem Nachbarshund.

Das Grundstück der Nachbarn grenzt genau an das ihres Onkels. Mit dem Hund war sie quasi aufgewachsen. Jedes Mal, wenn sie wieder kam, war er ein wenig gewachsen. Mittlerweile war er schon 13 Jahre alt. Sein sonst für einen Dobermann typisches dunkelbraunes Fell färbte sich an manchen Stellen schon grau. Sein Alter schmälerte jedoch nicht seine Freude, Hanna zu sehen. Für sie war der Hund immer die Rettung. Da ihre Onkel und Tanten mütterlicherseits alle keine Kinder hatten, außer Tante Isabell, welche aber in Amerika bei ihrem Mann lebt, war sie immer das einzige Kind bei Festen der Seite ihrer Mutter.

Früher hatte sie es hier mehr gehasst, mittlerweile war es nicht mehr ganz so schlimm, aber noch lange nicht ihre Lieblingsbeschäftigung. Manchmal wünschte sie sich, ihre Familie wäre größer und vor allem mehr Kinder. Vor allem aber nicht mehr nur so auf die Leistung fokussiert. So wie sie es sich bei den Ausländern vorstellt. Viele Kinder, viel Essen, laute Musik und einfach das Zusammensein genießen.

„Hanna, komm mal her!" Ihre Mutter hatte sie gerufen. „Erzähl doch mal von deinen Noten, meine Liebe. Hanna hat nämlich die besten Noten aus ihrer Klasse." *Na toll*, kaum 10 Minuten hier und ihre Mutter fing schon an, mit ihr zu prahlen. In solchen Momenten brachte ihr es fast schon ein bisschen Befriedigung, wenn sie beim Tennis verlor, nur damit ihre Mutter damit nicht auch noch prahlen konnte.

Das Gespräch über ihre Noten wird sie heute mindestens noch viermal führen müssen.

Wie immer saß sie bei Nero, ihrem Nachbarshund, und wartete, bis die Zeit um war. Immerhin hatte sie bald das vierte von sieben dieser Feste im Jahr hinter sich. Noch zwei Geburtstage und Weihnachten. Am 2. Weihnachtsfeiertag würden sie dann endlich die Familie ihres Vaters treffen. Dort ginge es zwar auch mehr oder weniger um Leistung, doch immerhin sah sie an dem Fest immer ihre Cousinen, die sie dann aus Norwegen und Frankreich besuchen kamen.

Früher hatte sie nie verstanden, wieso man so weit wegzog. Doch um diesem Leistungsdruck der Eltern zu entfliehen und an einen entspannteren Ort ziehen, konnte sie mittlerweile gut nachvollziehen.

Fatime

Sie freute sich nun schon seit mehreren Wochen auf diesen Tag. Die letzten vier Wochen hatten sie alle diesem Tag entgegengefiebert. Heute war Bayram. Ihr Lieblingsfest.

Nachdem alle Männer der Familie am Morgen in der Moschee waren, würden sie am späten Nachmittag zusammen ein Schaf schlachten. Als Kind hatte sie nie verstanden, wieso sie das Schaf töten mussten. Doch mittlerweile verstand sie, dass es nicht einfach Töten war, sondern eine Opfergabe an Allah. Es war ein Privileg, welches sie hatten.

Sie liebte dieses Fest so sehr, weil sie dann immer mit der ganzen Familie feierten. So sah sie alle ihre Cousins und Cousinen. Es war immer ein Riesenfest. Und sowieso liebte sie jedes Familienfest und das Zusammensein mit ihrer Familie. Ihr bedeutete dies sehr viel. Diese Tage vergingen immer wie im Flug. Sie tanzten Tallava, was sie liebte, ihre traditionellen Tänze, und aßen den restlichen Tag, bis spät in die Nacht hinein.

Ihre Mutter war mit ihren Brüdern schon längst nach Hause gegangen. Doch sie saß noch mit ihren Cousins draußen im Garten und sie sprachen über die wichtigen Dinge im Leben. Das war ihr Lieblingsteil dieser Feste. Die langen Gespräche untereinander, das Zuhören und das Verständnis der anderen. Und einfach das Zusammensein.

Hanna

Nach zwei Wochen würde sie nun heute ihre Geschichtsprüfung zurückbekommen. Ihre Eltern wussten das und warteten auch bereits zu Hause auf ihr Ergebnis.

Mit einem mulmigen Gefühl machte sie sich auf den Weg. Sie wusste, dass die Prüfung nicht gut gelaufen war. Sie konnte sich den ganzen Morgen nicht konzentrieren, bis zur vierten Lektion, in der sie ihre Prüfung zurückbekommen würden. In der Pause hielt sie es schon fast nicht mehr aus, doch Luisa konnte sie ein wenig beruhigen. Luisa konnte das immer. Das war eine der Eigenschaften, welche Hanna mit am meisten an ihr schätzte. Auch wenn Luisa Hannas Leistungsdruck nie hatte nachvollziehen können, half und unterstützte sie Hanna doch, so gut sie konnte.

Zappelig saß sie nun im Geschichtsunterricht und wartete auf ihre Note. Zu ihrem Leid teilte die Lehrerin mit, dass sie die Prüfungen erst nach der Lektion verteilen wird. Nach langen 40 Minuten war es dann endlich so weit. Die Lehrerin verteilte ihre Prüfungen und wie es auch nicht hätte anders sein können, war ihre Prüfung die zweitunterste. Sie wollte nicht schauen. Ihre Prüfung lag immer noch umgekehrt vor ihr. Die Reaktionen ihrer Mitschüler waren gemischt. Luisa hatte eine 4.8, was für sie auch gut war. Doch was, wenn sie ebenfalls eine 4.8 haben würde? Das wäre für sie der Untergang. Als auch andere aus ihrer Klasse über einer 4.5 hatten und sie mitbekam, dass sogar Fatime eine 5.1 hatte, was sie nicht verstehen, respektive nachvollziehen konnte, denn was sollte die schon groß über Geschichte wissen, drehte sie ihr Blatt vorsichtig um. Sie wollte nicht, dass jemand außer ihr ihre Note sah, falls sie trotz allem schlecht ausgefallen war.

Sie fiel fast vom Stuhl. Ihr Herz begann wie wild zu klopfen und in ihrem Kopf fing es unerträglich an zu rauschen. Das konnte nicht sein. Das musste ein Fehler sein oder eine Verwechslung. Vorsichtig knickte sie ihr Blatt um. Doch da stand klar und deutlich Hanna M. und daneben dick und fett in Rot 4.3. Vor lauter Schock merkte sie nicht, wie ihr eine Träne über die Backe rollte, bis sie auf ihre Hand tropfte. Schnell wischte sie sich die Träne weg, denn das war das Letzte, was sie wollte, dass sie jemand weinen sah. Luisa reichte es, Hannas Reaktion zu sehen, um zu wissen, dass sie besser nicht nachfragte, was sie für eine Note hatte. Wahrscheinlich wäre Luisa an ihrer Stelle zufrieden mit der Note gewesen, doch sie kannte Hanna, ihr war nichts gut genug unter einer 5.3.

Hanna hatte sich lange nicht so elend gefühlt, doch was ihr früher immer geholfen hatte, war tiefes Ein- und Ausatmen. Das wendete sie auch jetzt an. Nachdem sie sich ein wenig beruhigt hatte, packte sie ihre Sachen zusammen und machte sich auf den Weg zur nächsten Lektion. Trotz ihrer Atemübung fiel es ihr schwer, nicht weiter zu weinen und nun war sie doch froh, dass sie die Noten erst am Ende der Lektion bekommen hatten.

Sobald die Lektion angefangen hatte, meldete sie sich, um auf die Toilette zu gehen. Sie konnte sich einfach nicht konzentrieren. Kaum hatte sie die Türe geschlossen, brachen die Tränen aus ihr heraus. Wie hatte das passieren können? Abgesehen von ihrer schlechten Note störte sie am meisten, dass die anderen so gut gewesen waren, vor allem Fatime. Nicht nur, dass sie zu spät gekommen war, sondern auch, dass sie im Unterricht oft nicht einmal anwesend war, und wenn, dann nur physisch und in Gedanken immer woanders. *Wie soll ich das zu Hause erklären? Vielleicht verbieten sie mir sogar, zum Tennis zu gehen.* Dass sie abends vermutlich nicht mehr wegdurfte, war für sie nebensächlich.

Fatime

Als sie nach der Schule heimkam, war, wie auch am Tag davor, niemand zu Hause. Sie hätte gerne jemandem von ihrer Geschichtsnote erzählt. Klar, wenn sie es erzählen würde, wäre ihre Mutter stolz, doch sie wollte, dass, wie bei ihrem Cousin, sich die Eltern von sich aus interessierten. Ihr kam es manchmal so vor, als ob es ihrer Mutter sowieso total egal war, was sie machte. Sie durfte meistens machen, was sie wollte. Ob sie zur Schule ging oder nicht und ob sie gute Noten schrieb, all das bekam ihre Mutter nicht mit. Bei den anderen in ihrer Familie wurde auf all das viel mehr Wert gelegt. So bedeutete es ihr viel, dass sich die Eltern ihres Lieblingscousins immer sehr für sie interessierten. Manchmal kam es ihr so vor, als ob sie fast mehr Eltern für sie waren als ihre Mutter. Deswegen entschied sie sich spontan dazu, ihren Cousin zu besuchen, anstatt sich bei ihrem Treffpunkt zu verabreden. Sie wollte die ganze Familie gerne sehen.

Zu ihrem Glück wohnen sie nicht weit auseinander. Auch ihre beste Freundin Edona wohnt gleich um die Ecke, so dass sie immer im gleichen Bus in die Schule fahren konnten. Sie hatte ihre Cousins zu Hause lange nicht besucht. Ihre Tante freut sich jedes Mal unglaublich, sie zu sehen, da sie ja nur zwei Söhne hatte, Fatimes Lieblingscousin, welcher ein Jahr älter war als sie, und dessen großen Bruder Faton. Sie war wohl wie eine Art Tochter für sie.

Es machte sie glücklich, ihre Tante mit ihrer Geschichtsnote stolz machen zu können. Auch wenn es keine 5.5 oder 6 war, war ihre Tante stolz auf sie. Ihr ältester Cousin hatte ein Jahr

Jura studiert und seine Eltern erzählten schon überall, er sei Richter. Ihre Tante freute sich immer unheimlich, sie zu sehen und etwas von ihrem Leben zu erfahren. Egal, was Fatime ihr erzählte, sie hörte ihr immer unglaublich aufmerksam zu.

Hanna

Sie hatte von ihren Eltern die zweithöchste Strafe bekommen, die sie hätte kriegen können. Sie verboten ihr alles außer Tennis, doch solange sie nur weiter Tennis spielen konnte, war ihr der Rest egal.

Die Strafe beinhaltete nicht nur Ausgehverbot, sondern auch eine Beschränkung des Handys, also anstatt um 22 Uhr auszuschalten, musste das Handy um 20 Uhr auf dem Küchentisch liegen und lernen musste sie jeden Tag anstatt einer Stunde mindestens zwei. Das war schlussendlich ihre Entscheidung, denn die Strafe würde erst verfallen, wenn sie ihren Notendurchschnitt wieder mindestens auf 5.25 hatte, welcher aufgerundet werden würde. Insgesamt würde das mindestens noch einen Monat dauern. Doch die ganzen Strafen hatten sie nicht davon abgehalten, das zu machen, wonach ihr Herz sie gedrängt hatte.

Mit Ardian hatte sie seit der ersten Nacht fast jeden Abend bis spät in die Nacht telefoniert. Sie hatten so viel miteinander zu reden. Das ein oder andere Mal hatte sie sich in der Nacht sogar rausgeschlichen und mit ihm fast die ganze Nacht geredet. Sie vertraute ihm, sie konnte ihm alles erzählen und entgegen ihren Erwartungen verurteilte er sie für gar nichts. Sie erzählte ihm von ihrem Druck zu Hause, dass sie das Verlieren gegen Melanie belastete, und sie erzählte ihm sogar von diesen Anrufen. Als sie eines Abends aus dem Nichts nicht mehr erreichbar war, machte er sich Sorgen. Hanna hätte genug Zeit gehabt, ihm mitzuteilen, dass sie nicht mehr erreichbar war, doch insgeheim gab sie ihm innerlich ein wenig Schuld daran, dass ihre Note so schlecht ausgefallen war.

Sie wusste, dass sie ihn heute beim Training sehen würde und ihm nicht länger ausweichen konnte. Unbewusst zog sie sich ihre schönsten Sachen an und trug leichtes Make-Up auf. Natürlich nicht zu stark.

Sie zog sich schnell um. Wenn sie auf dem Platz war, bevor er hier war, könnte er sie nicht ansprechen. Doch wie es das Schicksal so wollte, stieß sie mit ihm zusammen, als sie aus der Garderobe rauskam. Ihr Herz setzte einen Moment aus. Sie hatte ihn gar nicht so in Erinnerung gehabt. Plötzlich sah er so gut aus. Sie konnte ihm kaum in die Augen blicken. Er war doch selbst schuld, dass sie sich nicht mehr bei ihm gemeldet hatte, doch woher hätte er das wissen sollen? Deswegen war es auch kein Wunder, dass er sie fragte, wieso sie sich nicht mehr bei ihm meldete. Er hatte ihr vier Mal geschrieben und drei Nachrichten für sie hinterlassen. Der Vorwurf in seiner Stimme, mit welcher er ihr dies sagte, triggerte etwas in ihr. Es war doch nicht ihre Schuld, er hätte sie halt nicht immer nur in der Nacht kontaktieren sollen. Ausserdem war ihr nicht bewusst gewesen, dass ihm doch so viel an ihr lag.

Fatime

Vier Tage, nachdem sie ihre Geschichtsprüfung zurückbekommen hatten, bekamen sie ihre Matheprüfung zurück. Hanna bekam ihre Prüfung vor Fatime zurück und sie sah nur, wie sie strahlte und Luisa ihre Prüfung zeigte. *Das kann nur heißen, dass sie wieder einmal eine abartig gute Note geschrieben hat, denn sie heult nicht.* Wie erwartet, war ihre Prüfung nicht sonderlich erfolgreich ausgefallen, doch das machte Fatime nichts aus, denn wenn sie es nicht von sich aus erzählte, würde es sowieso niemand mitbekommen.

Sie hatte jetzt schon seit mehreren Tagen wieder Kopfschmerzen. Doch im Verlaufe des Tages wurde es so schlimm, dass sie nach Hause ging. Ihr war bewusst, dass jetzt wieder alle über sie reden würden, doch gefragt, warum sie ging, hatte sie außer Edona noch nie jemand.

Als es am Abend immer noch nicht besser war, entschied sie sich, einen Spaziergang zu machen. Unbewusst näherte sie sich dem Spielplatz, wo sie so gern war. Sie setzte sich auf die Schaukel und ließ ihren Gedanken freien Lauf. Wie sie so da saß, spürte sie plötzlich ein starkes Verlangen, ihren Cousin zu sehen, den sie seit ihrem letzten Besuch bei ihnen nicht mehr gesehen hatte. Deswegen entschied sie sich, ihm zu schreiben, da sie seit den Anrufen nicht mehr gerne telefonierte.

Sie hatte gar nicht gemerkt, dass sie angefangen hatte zu weinen. Sie saß nur auf der Schaukel, in ihren Gedanken, und die Tränen liefen ihr aus den Augen.

Hanna

Als sie heute nach der Schule nach Hause kam, zeigte sie stolz ihren Eltern ihre Matheprüfung. Sie hatte eine 5.6 geschrieben. Doch entgegen ihrer Erwartungen freuten sich ihre Eltern nicht. „Wieso hast du keine 6 geschrieben, du konntest doch wirklich alles?", kam es prompt von ihrer Mutter. Hanna blieb der Mund offenstehen. Sie hatte sich so viel Mühe gegeben, wieder eine gute Note zu schreiben. Sie hatte die beste Note der Klasse, überhaupt eine der wenigen genügenden und trotzdem reichte es ihren Eltern nicht. Manchmal fühlte sie sich fast so, als ob sie es ihren Eltern nie recht machen könnte. Sie wollte doch einfach einmal Anerkennung von ihren Eltern bekommen und dass sie stolz auf sie waren.

Ohne zu antworten, ging sie hoch in ihr Zimmer. Auch als ihre Mutter sie zum Abendessen rief, verließ sie ihr Zimmer nicht. Sie ging heute nicht mal ins Tennistraining. Sie hatte keine Kraft. Alles ihn ihr schrie nach einem Namen. Doch was sollte sie tun. Seit ihrem Aufeinandertreffen auf dem Tennisplatz hatten sie sich nicht mehr gesehen, geschweige denn geschrieben oder telefoniert. Trotzdem wollte sie in diesem Moment nur von ihm in den Arm genommen werden. *Vielleicht ist er wenigstens stolz auf mich. Er ist ja in seinem Umfeld nicht so eine Leistung gewöhnt.* In ihrem Inneren kämpften Verstand und Verlangen gerade gegeneinander an. Ihr Verstand verlor. Immer noch zweifelnd nahm sie ihr Telefon in die Hand. Noch nie war sie so froh darüber gewesen wie jetzt, eine Nummer nicht gelöscht zu haben. Ihre Überzeugung war jedoch nicht gross genug, um ihn anzurufen. So schrieb sie ihm: *„**Heute Abend 22.30 auf dem Spielplatz, ich brauche dich.**"*

Kurz nachdem sie ihre Nachricht abgeschickt hatte, klingelte ihr Handy. Ihr Herz machte einen Hüpfer, das war sicher Ardian. Doch ihr Herz hörte sehr schnell wieder auf zu hüpfen und blieb beinahe stehen. **„Anonym"**. Damit hatte sie absolut nicht gerechnet. Entgegen ihres klaren Verstandes nahm sie ab. „Ich finde dich so geil, wieso warst du heute nicht beim Training?"

Ihr lief ein Schauer über den Rücken, sie ekelte sich. Es musste also jemand vom Tennis sein, niemandem sonst wäre aufgefallen, dass sie nicht da war. *War es also doch Ardian?* Ihr Herz fühlte sich auf einmal so schwer an, sie hielt es fast nicht aus. Hatte er sie doch nur verarscht? Ihre Gedanken fingen an zu rasen. Sie suchte nach allen möglichen Anzeichen.

Er hatte sie nie vor seiner Familie erwähnt, sie wusste, er sagte immer, er ist mit einem Kumpel und nicht mit ihr unterwegs. *Liegt es an seiner Kultur oder verarscht er mich?* Nur wenige Freunde von ihm wussten von ihr. *Teilt er mit seinen Freunden nicht gerne sein Leben oder hat er mich nur benutzt?* Er hatte auf seinem Handy die Benachrichtigungen so eingestellt, dass man nicht sah, wer einem geschrieben hatte, sondern es stand nur „Nachricht". *Hat er etwas vor mir zu verbergen oder fällt ihm das selber gar nicht auf?*

Je länger sie darüber nachdachte, desto mehr fing sie an zu zweifeln. Mit jedem weiteren Gedanken dachte sie negativer über ihn. Was hatte sie sich auch dabei gedacht, er ist Albaner, wieso sollte er sich ernsthaft auf eine Schweizerin einlassen. *Zum Schluss würde er mich sowieso nie seinen Eltern und seiner Familie vorstellen, sondern mich irgendwann sitzen lassen und eine Albanerin heiraten.*

Sie wollte einfach nur noch an die frische Luft. Die Konsequenzen waren ihr egal. Ihre Eltern hörten sie nur noch „Ich gehe!" rufen.

Ardian

Er hat von beiden eine Nachricht bekommen. Nun steht er doch, obwohl er es unbedingt hatte vermeiden wollen, zwischen ihnen.

Seit er Hanna kennengelernt hat, ist ihm vieles aufgefallen. Unter anderem, dass sich die beiden Mädchen mehr ähneln, als ihnen bewusst ist.

Als er am Spielplatz ankommt, ist es bereits zu spät. Von Weitem sieht er, wie sich die beiden über den Boden rollen und schließlich Fatime auf Hanna kniet. „Fatime, was soll das? Was machst du da? Geh sofort runter von ihr!", hört er sich selbst sprechen.

Wie auf Knopfdruck lässt sie Hanna los und geht runter von ihr. Ardian fallen beinahe die Augen aus. Fatimes sowie Hannas Hände sind beide voll Blut. „Was ist hier passiert?" Seine Stimme zittert.

Fatime starrt auf ihre Hände. *Was habe ich bloß getan? Das kann nicht sein. Nein. Nein. NEIN.* Und in dem Moment bereute sie es, Hand an Hanna gelegt zu haben.

Von beiden Mädchen ist vorerst kein Ton zu hören. Doch auf einmal wie aus einem Munde sagen sie: „Es ist alles ihre Schuld." Ardian ist es egal, wer Schuld hat und wer nicht, er möchte gar nichts davon hören und sich auf keine der beiden Seiten stellen. Sie beide sind ihm wichtig geworden. *Wie soll ich diese Lage nur wieder in Ordnung bringen? Das war so nicht geplant ...* Ihm schießt eine Idee durch den Kopf.

Er sagt beiden, sie sollen sich hinsetzen, und erzählt ihnen eine Geschichte. Nicht, wie es beim anderen zu Hause ist, oder wer welche Probleme hat, sondern er erzählt ihnen von einer nahestehenden Frau, die anonym durch Telefonanrufe belästigt wird. Während er nun von den Anrufen erzählt, gehen beide davon aus, dass sie damit gemeint ist. Fatime schämt sich, dass Ardian Hanna erzählt, was ihr zugestoßen ist. Ihr ist es peinlich. *Was geht sie das an?,* denkt sie sich. Bei Hanna ist es andersrum, sie findet es gut, dass Fatime es von Ardian erfährt, so bekommt Fatime vielleicht endlich Mal ein bisschen Mitgefühl mit ihr. Doch er schließt ab mit diesem Satz: „So, und jetzt wisst ihr beide ein Geheimnis vom anderen."

Es dauert seine Zeit, bis es bei den Mädchen klickt. Sie sind entsetzt. Damit haben sie beide nicht gerechnet, doch Ardian ist noch nicht fertig. Er eröffnet beiden absichtlich nichts von ihren anderen Umständen. Er will ihnen nur klar machen, dass sie beide nicht das perfekte Leben haben, wie sie voneinander denken. Noch dazu haben sie sogar eine Gemeinsamkeit.

Was er bisher keiner von beiden erzählt hat, ist, dass er heute herausgefunden hat, wer ANONYMUS ist. Beiden Mädchen bleibt der Mund offenstehen. Sie können es einfach nicht fassen. Fatime kennt ihn kaum und auch für Hanna ist er nicht mehr als ein Bekannter, welchem sie ab und zu Hallo sagt.

Hanna schockiert der Fakt, dass es kein Ausländer ist, sondern ein Schweizer, am meisten. Für sie hatte es von Anfang an festgestanden, dass es ein Ausländer ist, sie hatte es nicht einmal in Erwägung gezogen, dass es auch ein Schweizer sein könnte, der so eine ekelhafte Tat begehen würde. In ihren Augen machten Schweizer so etwas nicht.

Fatime hingegen betrifft es mehr, wer es war. Sie hatte immer damit gerechnet, dass es jemand war, den sie gut kannte. Vielleicht von der Schule oder von der Musik. Doch vom Tennis? Damit hatte sie nicht gerechnet und vor allem, wieso hatte er sie ausgesucht. Genau sie beide? Sie will nicht mit Hanna in Verbindung gebracht werden. Wer Hanna belästigt, könnte nicht auch sie belästigen, das geht doch gar nicht.

Es war nach dem Tennistraining, als er, gerade als er aus der Toilette kam, einen Mann sprechen hörte: „Ich finde dich so geil, wieso warst du heute nicht beim Training." Er hastete um die Ecke und sah einen der Tennisspieler in ihrem Alter, mit dem sie alle nicht viel zu tun hatten. So konfrontierte er ihn, dass er Hanna und auch Fatime belästigte. Zuerst verneinte er natürlich alles, doch als Ardian mit der Polizei drohte, gab er alles zu. Ardian würde ihn nicht einfach so davonkommen lassen, doch darum wollte er sich später kümmern.

Beide Mädchen konnten mit der Situation nicht umgehen. Von dem Mädchen, dass beide immer dachten, hätte so ein beneidenswertes Leben, hatte das gleich Schreckliche durchgemacht wie sie selbst. Nur weil sie selbst erlebt hatten, wie schlimm es ist, hatten sie überhaupt Mitgefühl für die andere aufbringen können. Mehr hatte Ardian auch nicht erwartet. Mit Sicherheit würden sie nicht beste Freundinnen werden, doch vielleicht würden sie, bevor sie das nächste Mal über jemanden urteilen, sich besinnen: Vielleicht ist es *anders als du denkst*.

Die Autorin

Clara Delissen, 2004 in Singen geboren, schloss
2022 das Gymnasium in der Schweiz (Wil SG) ab.
Nun studiert sie Kommunikation an der Zürcher
Hochschule für Angewandte Wissenschaften
(ZHAW). In ihrer Freizeit spielt sie gerne Fußball.
Daneben musiziert sie gerne am Klavier oder mit
der Geige. Literatur spielte in ihrem Leben schon
immer eine zentrale Rolle. Von klein auf liest sie
gerne. Als Abschlussarbeit ihrer Gymnasiumzeit
nutzte sie die Gelegenheit, um endlich ihr eigenes
Buch zu schreiben. Dabei entfaltete sie ihre Passion
für das Schreiben. „Anders als du denkst" ist ihre
erste Veröffentlichung.

Der Verlag

*Wer aufhört
besser zu werden,
hat aufgehört
gut zu sein!*

Basierend auf diesem Motto ist es dem novum Verlag ein Anliegen, neue Manuskripte aufzuspüren, zu veröffentlichen und deren Autoren langfristig zu fördern. Mittlerweile gilt der 1997 gegründete und mehrfach prämierte Verlag als Spezialist für Neuautoren in Deutschland, Österreich und der Schweiz.

Für jedes neue Manuskript wird innerhalb weniger Wochen eine kostenfreie, unverbindliche Lektorats-Prüfung erstellt.

Weitere Informationen zum Verlag und seinen Büchern finden Sie im Internet unter:

w w w . n o v u m v e r l a g . c o m